Vom Anfang der Welt

Entdecke und verstehe das lebendige Buch!

1. Auflage 2017 / Printed in Germany

Autorin: COLOSSEUM CREATION UG, Nelli Frank
Illustration: COLOSSEUM CREATION UG, Alexander Steinke
Texte & Spiele: COLOSSEUM CREATION UG
Layout & Satz: COLOSSEUM CREATION UG
Technik & Programmierung: COLOSSEUM CREATION UG / studio 02
Aufnahme & Mastering: studio 02

ISBN: 978-3-947097-01-2 / Bestell-Nr.: 1101

So einfach funktioniert TING. Der Hörstift.

Zum Einschalten drückst du zwei Sekunden lang diesen Knopf. Wenn es geklappt hat, hörst du zwei aufsteigende Töne.

Nun tippst du zum Aktivieren von TING mit der Spitze auf die rechts nebenstehende Abbildung. Wenn dieser TING-Titel bereits auf deinem Stift geladen ist, hörst du vier aufsteigende Töne.
Das machst du bei jedem anderen TING-Titel genauso.

Los geht's! Jetzt kannst du auf Bilder oder Wörter tippen und sofort Geräusche, Sprache oder Musik in bester Qualität hören.

Mehr Informationen unter www.ting.eu

TING.
Der Hörstift.
Bringt Leben
in Bücher!

Aktiviere deinen
TING hier!

Spielen,
Lernen,
Wissen

Vom Anfang der Welt

Entdecke und verstehe das lebendige Buch!

Die Erschaffung der Welt

Ganz am Anfang war unsere Erde verwüstet und leer. Es herrschte ein heilloses Durcheinander. Gott schaute sich diese Erde an und beschloss, auf ihr eine wunderschöne Welt zu schaffen. Am ersten Tag bringt er Licht in die Dunkelheit und trennt es von der Finsternis. Am zweiten Tag formt er einen Himmel und trennt ihn vom Wasser auf der Erde. Am dritten Tag ordnet er das viele Wasser auf der Erde, so dass auch Land sichtbar wird. Das Land gestaltet er unterschiedlich mit Bergen und Tälern und vielen verschiedenen Pflanzen und Bäumen. Alles sieht wunderschön aus. Die Erde ist nun bereit, dass Leben auf ihr existieren kann.

Am vierten Tag beginnt Gott die Erde zu gestalten. Er schmückt den Himmel tagsüber mit der Sonne und nachts mit dem Mond und vielen Sternen. Endlich kommt mit dem fünften Tag Leben auf die Erde. Gott erschafft eine Vielfalt an Tieren, die im Wasser und in der Luft leben. Die Tiere auf dem Land erschafft Gott am sechsten Tag. Nun ist die Erde mit Leben gefüllt und sieht wunderschön aus. Gott selber sagt: „Es ist gut!" Doch etwas fehlt noch. Gott möchte ein Wesen schaffen, das ihm ähnlich ist und mit dem er reden kann – den Menschen.

Die Erschaffung des Menschen

Gott beschließt einen Menschen zu machen. Er spricht: „Lasst uns Menschen machen. Sie sollen uns ähnlich sein. Sie sollen über die Erde herrschen und die Welt bevölkern.“ Dazu formt er aus dem Staub der Erde einen Mann. Gott selbst bläst ihm den Atem des Lebens in die Nase. So hat Gott den ersten Menschen geschaffen und nennt ihn Adam. Er setzt Adam in den wunderschönen Garten und erklärt ihm: „Adam, von jedem Baum des Gartens darfst du essen, nur die Früchte vom Baum der Erkenntnis des Guten und des Bösen sollst du meiden. An dem Tag, an dem du von ihnen isst, wirst du sterblich werden.“

Schon bald fängt Adam an, allen Tieren Namen zu geben. Als er diese Aufgabe beendet hat, stellt er fest, dass es von jeder Tierart ein Paar gibt – ein Männchen und ein Weibchen. Nur er hat niemanden, der so gemacht ist wie er und als Partner zu ihm passt. Gott sieht, was Adam bewegt und lässt ihn in einen tiefen Schlaf fallen. Während er schläft, entnimmt Gott Adam eine Rippe und formt daraus eine wunderschöne Frau – Eva. Die Freude bei Adam ist groß, als er aufwacht und Eva sieht. Er erkennt sofort, dass sie zu ihm gehört. Die Einsamkeit hat ein Ende.

Beide zusammen – Mann und Frau – sind geschaffen als Ebenbild von Gott. Gott freut sich über die Menschen und stellt fest: „Nun ist die Erde vollständig und sehr gut geworden!“ Deshalb macht Gott den siebten Tag zum Ruhetag. Er selbst ruht sich aus und genießt die wunderschöne Erde.

Wie das Böse in die Welt kommt

Adam und Eva genießen ihr Leben im Garten Eden, es ist ein Paradies. Doch dann passiert etwas, das ihr ganzes Leben verändern wird. Eva geht im Garten spazieren. Sie genießt die Zeit mit den vielen Tieren und den leckeren Früchten. Plötzlich wird sie gerufen. Sie glaubt, es sei Adam, doch er ist es nicht. Eine Schlange ruft ihren Namen. Eva schaut hoch und bemerkt die Schlange im Baum der Erkenntnis des Guten und des Bösen. Die Schlange schaut Eva an und fragt: „Hat Gott wirklich gesagt, dass ihr von keinem Baum im Garten essen dürft?"

„Nein, das stimmt nicht", antwortet Eva. „Wir dürfen von allen Bäumen essen so viel wir möchten, nur von diesem einen Baum sollen wir nichts nehmen. Denn wenn wir von diesem Baum essen, werden wir sterben." Die Schlange blinzelt und spricht: „Ihr werdet nicht sterben, wenn ihr von diesem Baum esst. Im Gegenteil, ihr werdet genauso klug werden wie Gott." Eva ist verwirrt und lässt sich von der Schlage überreden, eine Frucht von diesem Baum zu essen. Auch Adam gibt sie von der Frucht zu probieren.

Doch beide merken sofort, dass die Schlange sie belogen hat. Sie fühlen sich sehr schlecht. Bisher besuchte Gott sie jeden Abend im Garten und sie freuten sich auf ihn. Doch heute haben sie ein komisches Gefühl. Sie verstecken sich vor Gott.

Der Abschied aus dem Garten

Wie jeden Tag kommt Gott in den Garten, um Adam und Eva zu besuchen. Obwohl er schon längst weiß, was passiert ist, ruft er die beiden. Adam und Eva kommen aus ihrem Versteck und entschuldigen sich bei ihm: „Wir haben deine Stimme im Garten gehört, aber wir waren nackt, deshalb haben wir uns versteckt."

„Woher wisst ihr, dass ihr nackt seid? Habt ihr etwa von dem verbotenen Baum gegessen?", fragt Gott. Adam versucht sich zu verteidigen und schiebt die Schuld auf Eva. Auch Eva verteidigt sich und beschuldigt die Schlange sie verführt und angelogen zu haben. Gott macht das Verhalten der beiden traurig. Er entscheidet, die Menschen zu bestrafen. Zukünftig werden die Frauen unter Schmerzen Kinder zur Welt bringen und die Männer werden sehr hart arbeiten müssen, um sich und die Familie zu ernähren. Auch die Schlage kommt nicht ohne Strafe davon. Sie muss ihr Leben lang auf dem Bauch kriechen und Staub fressen.

Um ihre Nacktheit zu bedecken, fertigt Gott aus Tierfellen Kleider für Adam und Eva. Der Tod ist in die Welt gekommen. Zum Schluss spricht Gott: „Der Mensch kann jetzt Gut und Böse unterscheiden, damit ist er uns ähnlicher geworden. Ich möchte nicht, dass die Menschen vom Baum des Lebens essen und damit ewig leben!" Gott entscheidet, dass Adam und Eva den Garten Eden verlassen müssen. Gottes Engel, die Cherubim, bewachen ab sofort mit blitzenden Schwertern den Baum des Lebens.

Spiel zur Schöpfung

Möchtest du dein Wissen über die Schöpfung der Welt testen? Dann starte das Spiel.

G
F
1
2
3
4

Kain und Abel – Streit unter Brüdern

Adam und Eva leben nicht mehr im Garten Eden und müssen sich selber um ihre Unterkunft und ihr Essen kümmern. Deshalb müssen sie pflanzen und den Ackerboden bearbeiten oder Tiere jagen und töten. Das friedliche Leben im Paradies gibt es nicht mehr. Einige Tiere sind sogar gefährlich für die Menschen geworden. Doch neben aller Mühsal gibt es auch viele schöne Dinge, über die sie sich freuen. Eva bekommt zwei Kinder: Kain und Abel.

Als Kain heranwächst, wird er Ackerbauer. Abel wird ein Schafhirte. Schon früh beginnen beide Gott Opfer zu bringen. Kain bringt einige Früchte seiner Ernte als Opfer und Abel einige seiner erstgeborenen Schafe. Gott sieht das Opfer der beiden Brüder. Die Gabe Abels kommt aus Glauben und erfreut Gott. Er nimmt sie an. Kains Gabe jedoch nimmt er nicht an. Darüber ist Kain wütend und wird neidisch auf seinen Bruder Abel. Als er ihn auf dem Feld trifft, tötet er seinen Bruder im Zorn.

Gott ruft Kain und stellt ihn zur Rede: „Kain, wo ist dein Bruder Abel?“. „Woher soll ich das wissen, bin ich etwa sein Babysitter?“, versucht Kain sich herauszureden. Doch Gott weiß, was passiert ist und bestraft Kain. „Du hast deinen Bruder getötet, deshalb sollst du verflucht sein. In Zukunft werden deine Ernten schlecht ausfallen und du wirst ruhelos als Flüchtiger auf der Erde umherziehen.“ Kain bekommt Angst davor, getötet zu werden. Deshalb gibt Gott ihm ein Zeichen auf die Stirn, das ihn vor der Ermordung durch andere Menschen bewahren soll.

Adam und Evas Kinder – Die Menschheit wächst

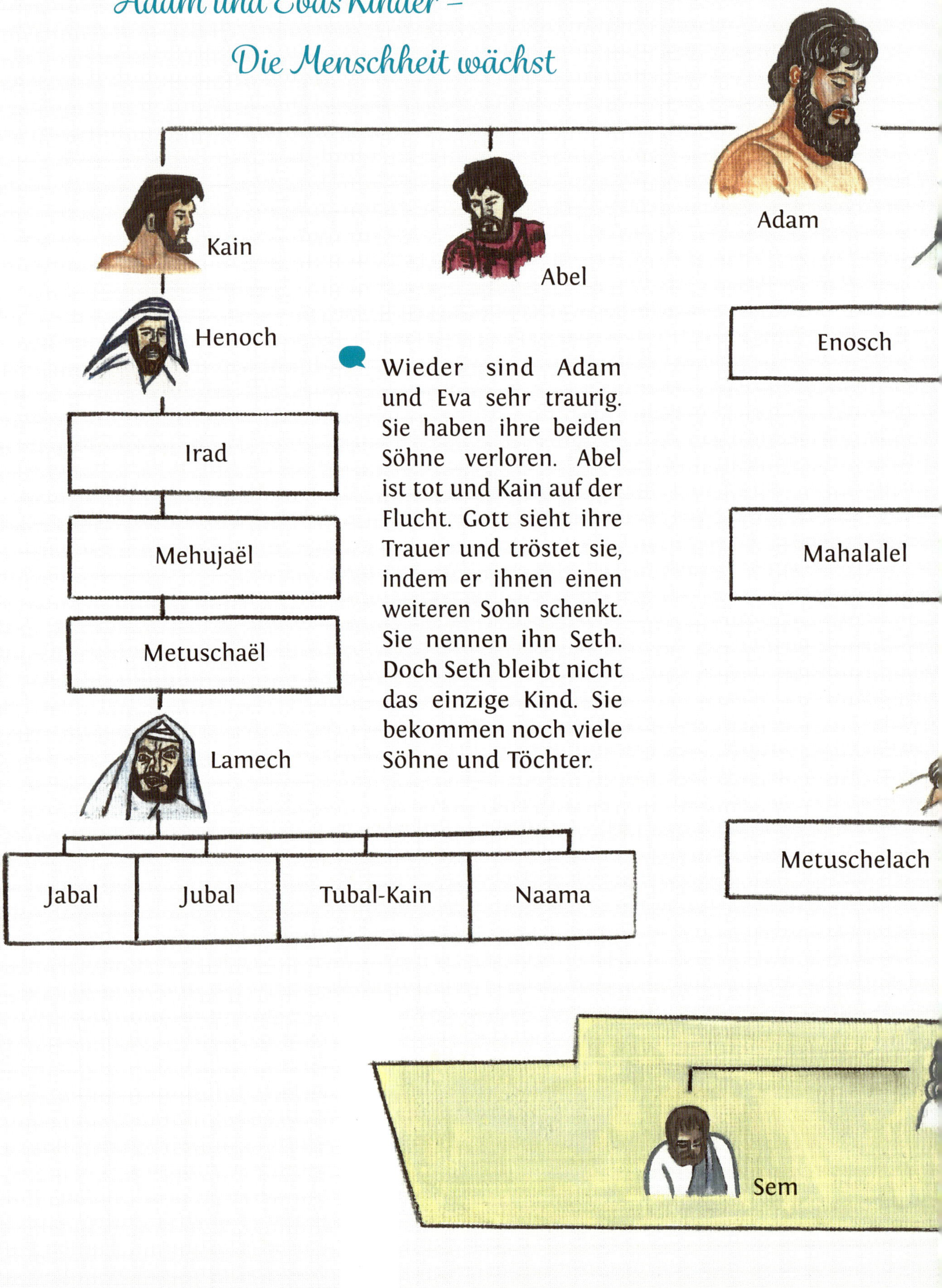

Wieder sind Adam und Eva sehr traurig. Sie haben ihre beiden Söhne verloren. Abel ist tot und Kain auf der Flucht. Gott sieht ihre Trauer und tröstet sie, indem er ihnen einen weiteren Sohn schenkt. Sie nennen ihn Seth. Doch Seth bleibt nicht das einzige Kind. Sie bekommen noch viele Söhne und Töchter.

Eva

Set

Andere Söhne und Töchter

Kenan

Auch Kain findet eine Frau und bekommt mit ihr einen Sohn. Er nennt ihn Henoch. Seine Familie vergrößert sich zunehmend und er baut die erste Stadt auf. Die Menschen leben lange und so vermehren sie sich schnell auf der Erde. Leider kommt mit ihnen auch viel Böses auf die Erde. Aus Rache töten sich manche Menschen gegenseitig. Sogar einige Riesen gibt es auf der Erde. Sie sind die Kinder von Gottessöhnen, die sich schöne Frauen auf der Erde genommen haben.

Jared

Henoch

Gott schaut, wie sich die Welt entwickelt. So hat er es sich nicht vorgestellt. Er bereut es, die Menschen gemacht zu haben. Deshalb beschließt er, die ganze Welt zu vernichten.

Lamech

Ein gerechter Mann in einer bösen Welt

Nicht alle Menschen auf der Erde sind böse. Adam und Evas Sohn Seth hat angefangen, zu Gott zu beten und seinen Glauben an seine Nachkommen weiterzugeben. Inzwischen beten viele seiner Nachkommen nicht mehr zu Gott, doch einige leben weiterhin im Glauben an Gott. Auch noch viele Jahre später gibt es einen Nachkommen Seths, der mit Gott lebt. Er heißt Noah.

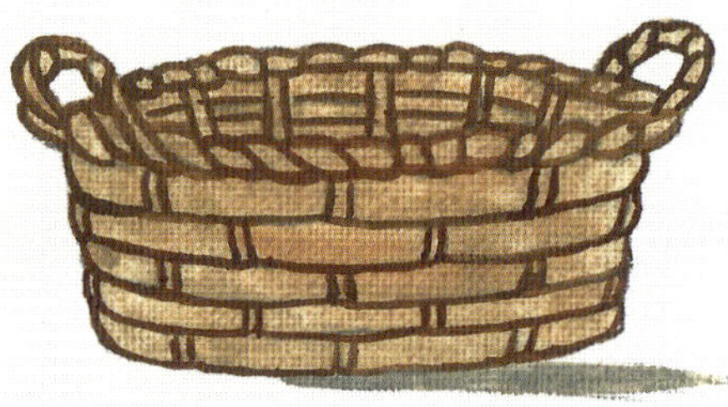

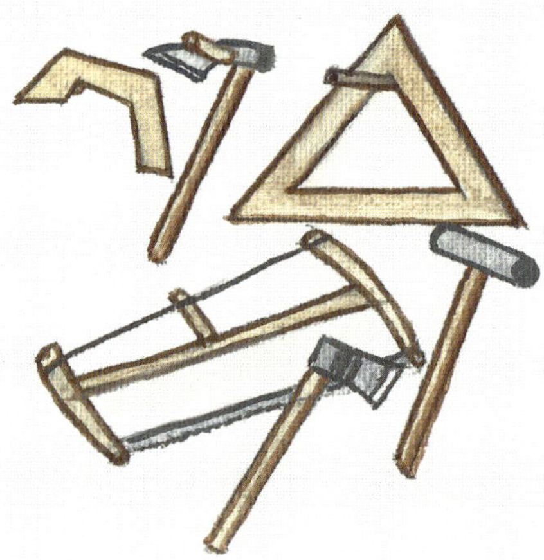

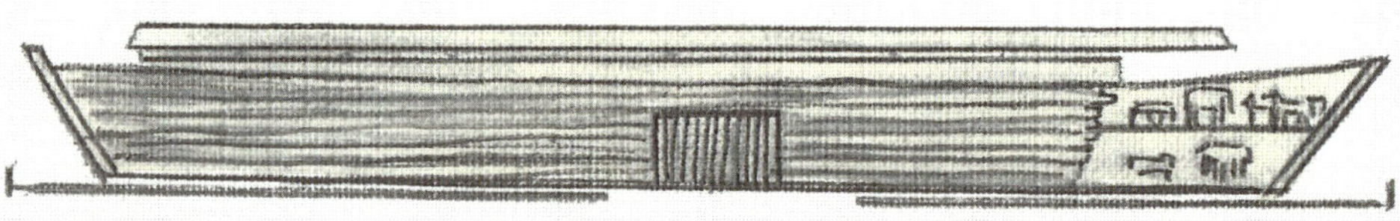

Die Menschen um Noah herum sind böse und leben nach ihren eigenen Regeln. Noah jedoch ist ein gerechter Mann und betet regelmäßig zu Gott. Er hat drei Söhne: Sem, Ham und Japhet. Eines Tages spricht Gott direkt zu Noah: „Noah, ich habe beschlossen, die gesamte Erde zu vernichten, weil sie voll von Bösem ist. Dich aber und deine Familie möchte ich verschonen, weil du mir treu gehorchst. Deshalb sollst du ein großes Schiff – eine Arche bauen. In ihr will ich dich, deine Familie und von jeder Tierart ein Paar retten.“ Gott gibt Noah genaue Anweisungen, wie er die Arche bauen soll und Noah beginnt mit der Arbeit.

Die Arche – Ein großes Schiff mitten auf dem Land

Die nächsten Jahre hat Noah viel zu tun. Er muss Bäume fällen, Material herbeischaffen und die große Arche nach Gottes Vorgaben bauen. Das ist viel Arbeit. Zusätzlich muss er Nahrungsvorräte für die Tiere und seine Familie anlegen. Seine Söhne helfen ihm und so kommt die Arbeit langsam, aber gut voran.

Die Menschen aus Noahs Nachbarschaft lachen ihn aus und machen sich über ihn lustig: „Was hast du vor, alter Mann? Mitten auf dem Land baust du ein großes Schiff. Ist dir die Hitze zu Kopf gestiegen?“ Doch Noah kümmert sich nicht um ihren Spott. Er warnt die Menschen vor der Flut, die kommen wird. Doch niemand hört auf ihn. Es dauert ziemlich lange, doch dann ist die Arche komplett fertig – genau so, wie Gott es gesagt hat.

Die Arche füllt sich

Die Arche ist komplett fertig, die Vorräte für das Leben in der Arche sind schon im Schiff gelagert, doch eine Sache beschäftigt Noah. Wie soll er alle Tiere in die Arche bekommen? Soll er sie einzeln fangen? Gott hat befohlen, von allen reinen Tieren sieben Paar – jeweils Männchen und Weibchen – mitzunehmen und von allen unreinen Tieren nur ein Paar. Genauso auch von allen Vögeln.

Doch Noah muss sich nicht um die Tiere kümmern. Gott selber gibt den Tieren den Befehl, in die Arche zu gehen. Sie kommen von überall her. Langsam füllt sich das große Schiff mit vielen verschiedenen Tieren und Vögeln. Zum Schluss gehen Noah und seine Familie in die Arche. Danach verschließt Gott selbst die Türen.

7 Tage:
Ausharren in der Arche.

40 Tage:
Es gibt schwere Regenfälle.

110 Tage:
Die Wassermassen gehen zurück. Arche lässt sich auf Gebirge Ararat nieder.

Die große Flut

Noah und seine Familie befinden sich in der Arche und warten gespannt, was passieren wird. Sieben Tage lang passiert erst einmal gar nichts. Im Schiff können sie hören, wie die Menschen außerhalb der Arche sie auslachen. Doch dann reißt der Himmel auf und es beginnt zu regnen. Selbst aus dem Boden kommt Wasser und steigt sehr schnell. Die angekündigte Flut ist da.

Finde auf dem Bild heraus, was während der Flut passiert ist.

74 Tage: Die Bergspitzen werden sichtbar.	**40 Tage:** Aussendung Raabe & Taube **7 Tage:** Aussendung 2. Taube **7 Tage:** Aussendung 3. Taube	**22 Tage:** Das Wasser fließt ab.	**70 Tage:** Die Erde trocknet. Nach **377 Tagen** (1 Jahr, 17 Tage): Noah verlässt die Arche.

Ein neuer Anfang

Die Menschen und Tiere in der Arche haben die große Flut überlebt. Nachdem es viele Tage geregnet hat, lässt Gott das ganze Land wieder trocknen und spricht dann wieder zu Noah: „Du und deine ganze Familie und alle Tiere dürfen jetzt die Arche verlassen. Ihr sollt euch auf der Erde vermehren und die ganze Erde wieder füllen."

Noah ist glücklich über diese gute Nachricht. Endlich können sie das Schiff verlassen und sich an Land bewegen. Gott hat es gut mit ihnen gemeint und sie gerettet. Aus Dankbarkeit baut Noah einen Altar und bringt Gott ein Opfer. Gott freut sich sehr darüber und gibt Noah noch viele Anweisungen für das Leben auf der neuen Erde. Dann schließt Gott einen Bund mit Noah: „Ich will nie wieder die ganze Menschheit durch eine Flut auslöschen. So lange die Erde besteht, soll nicht aufhören Saat und Ernte, Frost und Hitze, Sommer und Winter, Tag und Nacht. Immer wenn sich Wolken am Himmel sammeln, werde ich einen Bogen erscheinen lassen, der euch an meine Worte erinnern soll."

Der Regenbogen ist ein Zeichen für den Bund, den Gott mit Noah geschlossen hat und ein Versprechen Gottes an die Welt.

Der große Turm

Schnell breitet sich das Leben auf der Erde wieder aus. Noah und seine Söhne haben viele Nachkommen, doch sie selber leben nicht mehr. Die Menschen sprechen alle eine Sprache und können sich so alle verstehen. Einige ziehen weiter in den Osten und finden eine schöne Ebene bei Sinear, in der sie sich niederlassen wollen. Sie beschließen: „Lasst uns hier eine große Stadt aufbauen und in der Mitte einen Turm, dessen Spitze bis in den Himmel reicht. So können wir zusammenbleiben und werden nicht über die ganze Erde zerstreut.“

Sie beginnen mit den Arbeiten am großen Turm und der Stadt. Ziegel werden aus Lehm geformt und feuerfest gebrannt, Teer wird zum Mauern benutzt. Der Turm und die Stadt wachsen immer weiter. Gott schaut den Menschen bei der Arbeit zu und denkt: „Sie bauen ein Zentrum, das sie zusammenhält, obwohl ich ihnen geboten habe, sich auf der ganzen Erde zu zerstreuen. Sie lehnen sich gegen mich auf und wollen mir gleichgestellt sein.“ Um das zu verhindern, erschafft Gott verschiedene Sprachen und verteilt sie auf die Menschen.

Bei den Menschen kommt große Verwirrung auf. Plötzlich können sie einander nicht mehr verstehen. Der Bau des Turmes kommt überhaupt nicht mehr voran. Die Menschen ordnen sich in Gruppen – je nach Sprache, die sie sprechen, und verteilen sich auf der Erde.

Gott hat die Sprache der Menschen verwirrt, um die Menschen auf der ganzen Erde zu verteilen, deshalb wird der Ort Babel genannt.